Das Leben der Marie-Louise Müller

Die Schütze-Frau ist immer rege…

Ein Leben mit Höhen und Tiefen
aus der Sicht einer außergewöhnlichen Frau

Bibliografische Information der Deutschen Nationalbibliothek:

Die Deutsche Nationalbibliothek
verzeichnet diese Publikation in der Deutschen Nationalbibliografie;
detaillierte bibliografische Daten sind im Internet
über http://dnb.b-nbde abrufbar.

Impressum:
© 2008 Judith Weiß
Herstellung und Verlag:
Books on Demand GmbH, Norderstedt
ISBN: 978-3-8370-8314-9

Die Veröffentlichung dieses Buches ist ein Dankeschön an eine außergewöhnliche Frau, meine Großmutter.

Getreu ihrem Sternzeichen als Schütze-Geborene hat sie uns immer vorgelebt, dass man im Leben niemals verzweifeln und aufgeben soll. Schicksalsschläge gehören zum Leben genauso dazu wie die schönen Erlebnisse. Man muss auch sie annehmen und versuchen, das Beste aus jeder Situation zu machen.

Als sie nach dem Tod ihres geliebten Mannes an einem Tiefpunkt angelangt war, der ihre Lebensfreude zu ersticken drohte, hat sie dieses Buch geschrieben. Und damit nicht nur sich selbst neuen Mut gegeben, sondern ihrer Familie ein einzigartige Erinnerung an ihr einzigartiges Wesen und ihr bewegtes Leben hinterlassen.

Sie schreibt über ihre ganz eigene Sicht der Dinge; mit einfachen Worten, die einen zum Schmunzeln und Weinen bringen.

Für uns ein grandioses Werk, das seine Veröffentlichung verdient hat und auf das wir sehr stolz sind.

Danke Oma!

Judith

Meine Heimat Lothringen

Reimsbach, den 9.1.1999

Meine Großeltern sind beide aus dem Saarland, mein Großvater väterlich wurde am 27. September1859 in Düppenweiler geboren, er hieß Johann MÜLLER. Meine Großmutter Gertrude wurde am 28. Februar 1857 in Reimsbach geboren, sie war eine geborene TERNIG.

Sie sind als ganz junges verheiratetes Paar mit ihrem Hausstand von zwei Kühen, Wagen, Bett und Tisch nach HAYANGE gezogen, damals war Lothringen noch Deutsch, vor dem 1. Weltkrieg. Es war damals schon eine große Arbeitslosigkeit im Land. Großvater Johann bekam in der Erzgrube HAYANGE Arbeit. Sie bekamen von dem Grubenbesitzer Mr de WENDEL ein Haus mit Stall zu bewohnen, wo sie zeitlebens auch wohnten.

Sie bekamen sieben Kinder; vier Mädel (Tante Käthe, Tante Lisa, Tante Maria und Tante Anna) und 3 Jungens (Onkel Jakob, Onkel Johann, und mein Vater Mathias), wobei Onkel Jakob bei der Preustige Garde in Berlin war. Er starb ganz jung, so wie mein Vater mir erzählte, durch ein Mädel, dass er und sein Freund beide liebten. Der Freund war eifersüchtig, weil das Mädel meinen Onkel mehr liebte. Er rief meinem Onkel zum Duell auf, wobei Onkel Jakob zu Tode kam. Es war damals eine Tragödie für die Eltern, das kann man gut verstehen. Der Täter wurde zwar verurteilt, aber die Familie hatte Geld und kaufte ihn frei, wie mein Vater mir erzählte, er soll später in ein Kloster gegangen sein.

Wie überall wo es Bergleute gab, bauerte man ein bisschen, denn mit zwei Kühen konnte man schon fast eine Familie ernähren. Ich liebte sie sehr und war noch sehr klein, als beide 1937 -1938 starben.

Mein Vater war ein Zwilling. Er und Tante Anna waren die jüngsten, mein Vater war im 1. Weltkrieg Soldat, und zwar musste er nach Rumänien, wo es heute immer noch Unruhe gibt.

An dem Tag wo ich geboren wurde (es war der 28. November 1929 in HAYANGE) war es sehr kalt. Wie überhaupt den ganzen Winter indem ich getauft wurde, wie meine Mutter mir erzählte. Es war Sankt Barbara, das Fest der Bergleute, da wurde bei uns sehr groß gefeiert. Wir wohnten in einer Bergmannssiedlung in der Nähe der Grubeneinfahrt. Die Musikkappelle spielte, und als sie erfuhren, dass eine Taufe stattfand, wollten sie mir zu Ehren ein Ständchen geben. Der Wille war da, aber die Instrumente machten nicht mit. Der Frost hatte sie stumm gemacht, aber Vater hatte sich doch bedankt und die Flasche rund gehen lassen.

Mein Vater war sehr stolz auf mich, denn nach zwei Söhnen hatte er endlich die Tochter. Mein ältester Bruder Reinhold wurde 1924 geboren, der zweite Bruder Peter kam 1927 zu Welt. Vater war Bergmann, er fuhr als Maschinist die vollen Wagen raus und rein. Die Erzgruben sind anders als die Kohlegruben, die gehen in die Tiefe. Da der Grubeneingang in der Nähe von unserem Wohnhaus war, am Ende vom Garten, sahen wir ihn öfters. Wenn er abends den letzten Wagen ausfuhr drückte er auf die Signalhupe. Dann wusste Mutter in zwanzig Minuten ist er da und konnte den Tisch schon mal decken.

Das Erz hat eine gelb-braune Farbe, und die meisten Bergleute kamen mit den Arbeitskleidern heim. So konnte man abends wenn es dunkel war, hunderte gelbe Kapittlichter sehen die heimwärts trampten, denn jeder nahm sein Kapittlicht mit heim. In der Küche wurde sich dann in einer Wanne gewaschen.

Unsere Wohnung bestand damals aus einer großen Küche, Wohn- und zwei Schlafzimmern, es gab kein Bad. Die Toiletten befanden sich im Garten in einem Bretterhäuschen mit einem Herz auf der Tür, ohne Heizung.

Unser Wohnhaus befand sich und grenzte an einem großen Platz, der mit wilden Kastanien bepflanzt war, was ich sehr begrüßte, denn was gibt es schöneres als im Herbst diese schöne Frucht zu sammeln und riesige Ketten zu machen.

Auch gab es ein Waschhaus auf dem Platz. Wie freute ich mich immer montags, da war Waschtag. In der Küche wurde die weiße Wäsche in einem Waschtopf gekocht, dann ging es zum Waschhaus. Auf einem vierrädrigen Karren wurde der Topf im heißen Zustand transportiert, was nicht ungefährlich war. Am Wasser brauchten wir nicht zu sparen denn das lief im Dauerlauf. Das war für mich eine Freude! Ich sammelte die Reste der Kernseife auf, um meine Puppenkleider zu waschen, als Siebenjährige stand ich auf einem Stein, damit ich an den Waschtrog reichte.

Ich bekam eine Puppe, die ganz in Rot angezogen war, die begleitete mich in meiner ganzen Kindheit.

Auf dem großen Platz stand eine Holzbude, die gehörte Mr Per LANG. Dort trafen sich sonntags oder an Feiertagen die Bergleute um ein Bier zu trinken und Karten zu spielen. Für uns Kinder gab es Limo und Coco-Wasser (das war ein Tee den es auch in der Grube gab), auch mal ein Wassereis.

Ich kann mich auch an sehr schöne Spaziergänge im Sommer erinnern. Vater sang sehr oft und gerne, und wenn wir mit den Eltern unterwegs waren, blieb das Lied „Die Waldeslust" nie aus. Da es damals kein Fernseher gab, nicht mal ein Radio, spielten wir auf dem Platz Kindertheater. Als Eintrittspreis bezahlten wir mit Knöpfen, so gab es in jeder Familie sonntags Krach, wenn dem Vater an seiner guten Jacke die Knöpfe fehlten. Bis mein Bruder Peter die Idee hatte, die Knöpfe am Ärmel abzuschneiden, da es nicht so schnell auffiel, und man die sowieso nicht brauchte.

In der Nähe, in einem Wiesenta,l gab es einen Pferdestall. Dort standen immer alte und kranke Pferde, die meistens noch blind waren. Sie bekamen dort ihr Gnadebrot. Es waren Grubepferde, die immer in der Grube lebten und nie Sonne sahen bis sie alt und krank wurden, sie zogen dort die Lore.

Im Winter war es schön warm im Stall wenn wir vom Schlittenfahren kamen. Da gab es auch noch viel Schnee. Wir halfen die Pferde zu füttern dafür gab es eine Tasse heiße Milch. Da der Stall mit einem Bauerhof verbunden war, auch für den Hunger ein Brot mit Quark, ach die schmeckten soooo gut.

Der Grubenbesitzer Mr de WENDEL tat eigentlich sehr viel für seine Minneurs. Miete, Wasser, Strom und Gas waren ganz billig, und alle drei Jahre wurde neu tapeziert und renoviert. Auch wenn mal was kaputt ging, geflickt wurde kostenlos.

Wir Kinder wuchsen international auf (heute europäisch). Da gab es Franzosen, Deutsche, Polen, Italiener, Spanier und in der Schule wurde Französisch gesprochen. Wir gingen in eine Mädchen-Klosterschule, die mit einer Kapelle verbunden war.

Versteht sich von selbst dass wir vor dem Unterricht der Frühmesse beiwohnten. In einer Kapelle die nicht geheizt war. Dann in die Schule. Da der Ofen erst jetzt angezündet wurde, bebten wir vor Kälte, warm wurde es erst in der letzte Stunde mit diesem alten Kanonenofen. Auch wurden wir sehr streng erzogen, da gab es beim geringsten Vergehen mit dem Stock auf die Fingerspitze.

Donnerstags hatten wir schulfrei, der Unterricht war von 8 bis 12 vormittags und von 14 bis 16 Uhr nachmittags. Auch sonntags mussten wir in die Hochamt-Vesper und abends in die Andacht. Da es eine Katholische Kirche und Schule war, durften keine Protestanten rein, auch durften wir nicht mit ihnen spielen.

Aber da gibt es auch noch Schöneres zu berichten: Wenn auch die Winter sehr kalt waren, so waren doch die Sommer sehr heiß. Da gab es eine italienische Familie mit neun Kindern und eine „Nonna". Diese Großmutter war für uns Kinder ein Vorbild. Eine liebe, resolute und respektvolle Frau, an die ich mich heute noch sehr gerne erinnere. Sie war die Nonna von unserem ganzen Viertel. Wenn wir Kinder ein Anliegen hatten, die Nonna war immer da! Wenn wir Kinder uns mal die Knie aufschlugen, die Nonna hatte immer eine gute selbst gemachte Salbe.

Sie konnte uns auch sehr schöne Geschichten aus ihrer Heimat erzählen. Da sie aber kein französisch konnte musste der Enkel es übersetzen. Leider mogelte der manchmal ein wenig, aber es war doch immer interessant. Ich kann mich noch an die Samstage im Sommer erinnern, die Familie wohnte damals in einem Haus das an dem großen Platz grenzte.

Mit der Haustür war man direkt in der Küche (Wohnraum). Da wurde gleich nach dem Mittagsessen ein großer Topf mit Wasser aufgesetzt.

Draußen stand eine Badewanne, eigentlich eine Mulde, so wie die Metzger sie haben zum Sau schlachte, und dann ging es los: Zuerst kamen die Kleinsten an die Reihe. Nonna badete sie, ich kann mich noch sehr gut an die kleine Miranda erinnern. Sie war fünf Jahre alt und hatte ritzerrote Haare, für Italiener ungewöhnlich, aber kräftiges Haar. Wir Kinder am Platze halfen sie dann zu trocknen und anzuziehen. Was die Älteren angeht, sie weigerten sich dann mit der Zeit draußen zu baden…

Anschließend wurde dann mit dem warmen Wasser die Küche geschruppt und geputzt. Die Küche bestand aus einem großen Tisch und Bänken, an der Wand waren Regale, Teller und Tassen. Über dem Ofen hingen Pfannen und große Töpfe. Der Tisch und die Bänke wurden rausgestellt und dann ging es los, bis alles schön blank war.

Anschließend gab es draußen zu Essen. Alle die mit geholfen hatte waren eingeladen. Da gab es „Polenta" und „Pasta-Suta", was bestimmt keine Götterspeise war, aber ich esse es heute noch gerne. Auch brachte die Nonna uns das Stricken und Häkeln bei. Ich war als Kind sehr begeistert von der Handarbeit. Mein größter Wunsch war immer eine kleine Nähmaschine bis mein Bruder Peter mir eine versprach. Er bastelte mir eine aus Holz, mit Spule und Nadel, aber funktioniert hatte sie nicht. Ich war so enttäuscht! Dafür musste ich ihm zehn Glasmurmeln geben.

Es wurde überhaupt viel gebastelt. Mein großer Bruder Reinhold bastelte damals eine kleine Weihnachtskrippe, die heiligen Figuren kaufte er sich mit eigenem, schwer erarbeitetem Geld. Er ging für alte oder kranke Leute einkaufen und versorgte sie mit Kohle und Holz für den Winter.

Seine kleine Krippe steht heute noch, nach so vielen Jahren, an Weihnachten unter meinem Baum. Auch eine kleine Glocke aus meiner Kindheit bestimmt heute noch die Weihnachtsbescherung.

Da es damals kein Radio oder Fernsehen gab, spielten wir viel Theater. Da gab es ein Mädchen das ein Jahr älter war wie ich, die hieß Coco und ihre beiden Brüder Jossi und Polit. Die Bouteills Kinder, so nannte man sie, die Familie war arm aber glücklich.

Der Vater war meistens in der Kneipe, die Mutter war eine arme kranke Frau. Sie lag meistens im Bett, sie war so weiß wie ihr Nachthemd.

Zum Theater spielen mussten wir uns schminken und das konnten wir nur bei Coco. Sie besaßen schöne rote Rosentapete in der Küche, die, wenn man die Finger nass machte, so schön abfärbte. Und der schwarze Lidschatten kam als Ruß aus dem Ofen. Der Jossi saß wenn er aß auf dem Schrank hoch oben und hatte meistens ein frisches Baguette so groß wie sein Arm in der Hand.

Wir hatten zwar verboten bekommen dort hinzugehen, aber es war immer so interessant dort. Auch war die Familie sehr musikalisch, sie sangen so schön zum Theater. Wir bauten aus Pappkarton ein Radio, dort saßen dann der Polit oder Jossi drin und sangen die schönen „Tino Rossi" Lieder, noch schöner wie Tino selber.

Wenn Kirmes war, die spielte sich auf unserem großen Platz ab. Da war ein Kinderkarrussel, eine Schiffschaukel, es gab Sacklaufen und Eierlaufen. Im Backhaus wurde Kuchen gebacken, es gab Wettessen mit Kirschkuchen. Wer die meisten Kerne aufweisen konnte hatte gewonnen. Dann gab es eine hohe Stange mit Würstchen.

Wer rauf kam hatte alle Würstchen, nur war die Stange mit Schmierseife eingepinselt. Aber der Polit kam immer rauf!

Wenn es Kirmes war kamen auch die Reichen aus der Stadt mit ihren Kutschen; wir nannten sie „les riches". Ich kann mich auch nur an zwei Autos erinnern, die Besitzer waren Juden. Die kamen ab und zu ihre Autos waschen, weil dort das Waschhaus war. Wir Kinder halfen aus, dafür bekamen wir 10 Centimes.

Und dann kam ein schlimmes Erlebnis, was ich nie vergessen werde. Einmal im Jahr besuchte uns meine Oma mütterlicherseits aus Deutschland. Ich war so stolz auch mal eine Oma vorzuzeigen. Ich erzählte allen meinen Freunden davon. Wir Kinder standen pünktlich an der Tram-Haltestelle, da endlich kam sie. Schwarzer langer Mantel, schwarzer Hut, schwarzer Schirm, ein Strohkoffer und eine Reisetasche. Sie benahm sich irgendwie hektisch, sie beeilte sich sehr schnell um über die Strasse zu kommen, auf den Platz zu. Dort blieb Sie auf einmal stehen, unter einem Baum. Sie spreizte die Beine und ließ einfach laufen. Damals hatte man noch die offenen Unterhosen. Im Moment stockte mir der Atem, und dann ging ein Grölen und Lachen los. Ich schämte mich so für meine Oma, aber was soll`s, die lange Reise war schuld daran.

Nun was soll ich noch so sagen, wir hatten eine problemlose Jugend. Wenn wir auch keine Reichtümer hatten, zu essen hatten wir genug.

Nun bekam ich noch zwei Geschwister und die Wohnung wurde eng. Wir bekamen eine ganz neue Wohnung, da wir jetzt kinderreich waren. Mit Wasser, drei Schlafzimmer, eine große Küche, Wohnzimmer, ein Bad mit WC, Keller, Waschküche und ein großer Garten. Zwar nicht mehr am Platz, aber doch in der Nähe.

Mein Pate, Onkel Franz der Seefahrer, kam uns immer besuchen wenn er von einer großen Weltreise zurück kam und brachte mir immer was Schönes mit. Er war von Beruf Seefahrer.

Das Leben nahm so seinen Lauf. Auf einmal waren die Straßen überfüllt mit Autos. Es waren Juden, die aus Deutschland imigrierten und Richtung Südfrankreich flohen. Das war für uns etwas Außergewöhnliches und machte uns Angst.

Von einem Herrn Hitler hatten wir zwar noch nichts gehört, aber wir spürten etwas Bedrohliches mit diesen vielen, fremden Ausreisenden. Dann eines Tages fiel das Wort „Mobil machen". Ein Fremdwort für uns Kinder, doch bald wussten wir es besser.

Die Polizei kam und forderte alle Einwohner auf, die Türen und Fenster nachts zu schließen und das Haus nicht zu verlassen, denn es marschierten Soldaten vorbei. Und weil wir Kinder dann neugierig waren, warteten wir was da kam. Von weitem hörten wir schon Pferde schnaufen und ab und zu Peitschen knallen. Dann auf einmal kamen sie, es waren Fußtruppen mit Negern.

Die meisten waren barfuss, sie trugen ihre Schuhe über den Schultern. Junge naive Männer, blutjung, die man kurz zuvor aus dem Urwald (Dschungel) nahm. Die einen trugen nur Soldatenhosen, die andern kurze Hosen und Jacken, sie waren erschöpft und durstig von dem langen Marsch. Ich sah einen der sich bückte und aus der Straßenrinne trank. Die französischen Offiziere waren auf ihren Pferden unter ihnen und knallten mit ihren kurzen Peitschen zum Weiterlaufen, wie eine Rinderherde.

Später erzählte mir mein Onkel, der bei der französischen Armee und Unteroffizier war, daß diese jungen Neger fast alle fielen. Sie mussten als Kanonenfutter herhalten, wie man so sagt. Diese Begegnung hatte uns sehr erschüttert.

Und dann sah man fast täglich Militär, auch mehr Flugzeuge waren in der Luft und es verbreitete sich eine große Unruhe. Wir wussten nicht richtig was es war, wir hatten Angst. Es hatte sich was verändert, jeder war ein wenig bedrückt. Nur das Wort „Krieg" wollte noch keiner aussprechen, es war für uns Kinder sowieso ein Fremdwort.

Und dann eines Tages war meine schöne Jugend von einer Stunde zur anderen vorbei Es war 1939, ich war gerade zehn Jahre alt und half Mutter sehr oft beim Einkaufen. So musste ich an diesem Tag in die Kantine zum Einkaufen. Einkaufcenter, so nennt man es heute. Ich wurde gerade bedient, als draußen eine Trompetenfanfare losbrach. Alles lief raus und da standen zwei Polizisten auf Pferden, und riefen den zweiten Weltkrieg aus. Und dass sich ab sofort alle jungen Männer sich auf der „Mairie" melden sollten.

In diesem Moment brach ein Schreien aus, die älteren Frauen und Mütter fingen an zu weinen. Ich wusste nicht was ich machen sollte, ich war so erschrocken und lief weinend heim zu Mutter. Was war und was ist Krieg?

Meine Mutter wurde blass und weinte. Sie wusste es besser, denn sie hatte schon einen Krieg mitgemacht. Vater war noch nicht von der Arbeit daheim. Zwei Stunden später, Vater hatte gerade gegessen, klingelte es. Da standen zwei Polizisten in Zivil vor der Haustür, um Vater mitzunehmen. Da Vater ein Deutscher war, wurde er interniert. Mutter musste ihm einen kleinen Koffer packen. Draußen stand schon ein Camion (Lastwagen) mit ein paar Mannen drauf, die angekettet waren, so wie jetzt auch Vater. Keiner wusste wohin sie ihn brachte.

Mutter und wir Kinder weinten, aber das Elend fing erst an. Unseren Ernährer hatte man uns genommen, und da wir keine großen Ersparnisse hatten wusste Mutter nicht, wie sie uns satt bekommen sollte.

Es gab keine Unterstützung vom Staat. Unsere Verwandten Tante Lisa und Tante Anna halfen, auch die Nachbarschaft.

Mutter ging putzen, waschen und bügeln und mein großer Bruder machte Gartenarbeit für alte Leute, so mussten wir die schlechte Zeit überwinden. Wir waren damals mit fünf Kindern schon eine große Familie.

Nach vier Wochen bekamen wir dann einen Brief von unserem Vater, dass er in einem Internierungslager in PONT A MOUSSON sei und sehr bald nach Südfrankreich versetzt werden sollten. Wohin genau wusste er nicht. Es war eine traurige Zeit. Nach paar Wochen stand der Laster wieder vor der Tür und nahm auch uns mit. Jetzt waren wir auch interniert. Man brachte uns zuerst in METZ in einer alten baufälligen Kaserne unter. Wir schliefen auf dem Boden, auf frischem Stroh. Das Essen war einigermaßen; dünne Erbsenbrühe und ein Stück trockenes Brot, aber wir wurden satt. Die kleinen Kinder bekamen ihre Milch. Wir waren so ungefähr an die drei- bis vierhundert Leute. Sogar eine alte Oma von vierundachtzig Jahren war dabei, man brachte sie mit einem Stuhl mit Rollen drunter und die alte Frau weinte.

Das allerschlimmste waren die Toiletten, die waren dermaßen schmutzig und ekelerregend. Wir blieben ungefähr drei Wochen dort.

In unserer Wohnung zog vorübergehend meine Tante Anna ein. Dann hieß es auf einmal, wir kommen nach Südfrankreich, nach St. ETIENNE. Wir wurden in einem Güterzug geladen mit Bewachung.

Von außen wurde alles verriegelt. Nur ein kleines Luftloch blieb und eine Latrine für den Notbedarf. Zu Verpflegung bekam jede Familie einen großen Pack Blockschokolade (Poulain). Wir Kinder freuten uns nach langer Zeit natürlich mal wieder auf Schokolade.

Aber die Freude dauerte nicht lange, denn man hatte vergessen uns zu trinken zu geben. Und der Durst ist schlimmer als der Hunger! Wir waren fast schon einen Tag unterwegs, da hieß es, der nächste Bahnhof ist PARIS und dort gibt es zu trinken.

Und da standen dann auch überall Rotkreuz-Schwestern mit Teewagen. Wir waren so froh und reichten unsere Flaschen raus. Die ersten bekamen auch was, bis eine Schwester rief: „Es sind Boches!" Sofort schlossen sie ihre Teewagen und fuhren davon.
Und ich dachte immer das rote Kreuz sei International…

Wir Kinder weinten vor Durst. Ein französischer Bewacher erbarmte sich mit uns und ging vorne an die Lok um Kühlwasser zu holen. Es war lauwarm, aber es löschte ein wenig den Durst.

Wir waren schon fast drei Tage unterwegs, immer wieder wurden wir auf ein totes Gleis abgeschoben, denn die Militärzüge hatten Vorfahrt. Ich höre heute noch das ewige Geratter vom Zug.

Dann auf einmal, nach einer Ewigkeit, blieb der Zug stehen. Es war schon später Nachmittag, als wir in St. ETIENNE ankamen. Nach einer Stunde öffneten sich die Waggontüren. Auf alten Lastwagen wurden wir geladen wie Schlachtvieh. Es war alles so still. Keiner sprach ein Wort. Es fing noch an zu rieseln und wir hatten Angst.

Es ging durch einen großen Wald. Nach einer Stunde Fahrt sahen wir mitten im Wald ein altes, riesiges Gebäude. Die meisten Fensterscheiben waren kaputt. Riesige, hohe Räume empfingen uns. Kein Bett, kein Stroh, kalte gähnende Leere. Der Fußboden war aus Lehm, eine kleine Glühbirne hing an der Decke. Es war so kalt und durch die kaputten Fenster zog es gewaltig.

Pro Familie gab es zwei Decken. Wir waren so müde und erschöpft, wir lagen in einer Ecke zusammen gekauert und fragten uns was wir nur verbrochen haben.

Am anderen Morgen, als wir aufwachten, bekamen wir eine Tasse Tee und ein Stück Brot. Mittags gab es eine dünne Brühe und zwei Pellkartoffeln, abends nichts. Nur die kleinen Kinder bekamen ein wenig Milch. Am zweiten Tag kamen Bauern aus der Umgebung und brachten uns Stroh, so dass wir nicht mehr auf der harten kalten Erde lagen. Die Fensterlöcher stopften wir auch mit Stroh aus, nur mit den Toiletten war es ein Chaos. Drei WC`s für so viele Leute... Wir gründeten ein Putzteam, so kam jeder mal dran, sie zu säubern. Ich musste mich oft übergeben, es war schlimm.

Mittags von zwei bis vier Uhr durften wir unter Bewachung in den Hof. Da sahen wir, dass dieses alte Gebäude ein Kloster aus dem 1600 Jahrhundert war, das zu Hälfte nur noch aus Ruinen bestand. Das Wasser wurde aus einem Brunnen im Hof getankt. Sonntags durften wir nicht in den Hof, da feierte die Bewachung. Dann wurden Tische aufgestellt mit allen Delikatessen von denen wir nur noch träumten. Sie tranken ihren Wein dazu bis sie alle besoffen waren. Wir sahen ihnen vom Gebäude aus zu, sie gaben kein schönes Bild ab.

Das Leben war nicht mehr schön Wir mussten etwas tun, und so bildeten wir einen kleiner Gesangchor und sangen schöne alte Heimatlieder. Wir bastelten Puppen aus Stroh für die Kleinen, wir nähten Hausschuhe von alten Kleidern, wir spielten Theater. Ein paar Frauen erzählten den Kinder Märchen, wir wollten das Elend vergessen.

Dann eines Tages, nach Monaten, ich weiß nicht mehr wie lange, denn wenn man eingesperrt ist, verliert man das Zeitgefühl.

Da merkten wir dass weniger Bewacher da waren, bis es eines Tages nur noch einen gab. Der gab uns zu verstehen dass die deutsche Armee schon PARIS erobert hätte, und am anderen Morgen war auch er verschwunden.

Nun standen die Tore offen. Was nun? Wir waren von Gott und den Menschen verlassen. Wir bekamen an diesem Tag kein Essen mehr. Wir warteten bis abends, die Kinder weinten. Wir hatten Hunger aber nichts geschah. Dann, am anderen Morgen, in aller Frühe, gingen um sechs Uhr junge mutige Frauen raus in die Stadt. Es war ein sehr langer Weg durch den Wald. Und als sie in St. ETIENNE ankamen sahen sie, dass die ganze Stadt mit deutschen Soldaten besetzt war. Sie sprachen gleich einen Offizier an und schilderten unsere Lage. Der war erstaunt und sofort organisierte er eine Wagenkolonne, die mit unseren Frauen gegen Mittag bei uns ankam. Sie brachten auch gleich eine Feldküche mit.

Wir weinten vor Freude. Und dann ging es Heim. Mit ungefähr zehn großen Lastwagen fuhr man uns bis LYON. Ich kann mich noch sehr gut erinnern als der Konvoi vor dem schöne „Hotel de Ville" Halt machte. Der Offizier beschlagnahmte das ganze Hotel für uns. Zuerst sah es aus als sei kein Personal da, doch mit ein paar Befehlen tauchten sie überall wieder auf. Sie hatten auch Angst denn es waren ja auch ihre Feinde.

Nun kamen der Koch, die Kellner, das ganze Personal und es wurde ein gutes Essen zusammengestellt. Die Tischdecken waren aus weißem Damast, wir aßen wie Gott in Frankreich und wurden fast nicht mehr satt. Unsere Schlafräume waren wie im Himmel, die Betten waren sauber weiss bezogen. Wir genossen nach langer Zeit ein schönes Bad und dann das weiche Bett.

Aber es dauerte nicht lange, denn es wurde uns übel von dem guten Essen, dass wir nicht mehr gewöhnt waren. In diesem Hotel blieben wir zwei Tage, es musste eine Eisenbahn gefunden werden. Es war ja alles durch den Krieg und den Einmarsch blockiert, Brücken waren gesprengt es herrschte noch überall Chaos.

Wieder waren wir fast eine Woche unterwegs, aber wir waren frei und es ging zur Heimat. Wie oft standen wir vor gesprengten Brücken und mussten eine andere Richtung einschlagen. Warten und warten. Wir kamen durch Belgien, der Zug fuhr im Schritttempo, denn es lag noch überall Schutt auf den Gleisen Plötzlich hielt der Zug an einem schönen klaren Bach. Wir Kinder liefen gleich zum Wasser und löschten unseren großen Durst. Dann ging es weiter. Der Zug fuhr langsam und dann sahen wir es. In diesem schöne Wasser lagen Leichen und tote Pferden, hier muss eine große Schlacht gewesen sein.

In dieser Nacht fing mein Bruder Peter an zu fiebern, es war sehr eng im Abteil. Mutter legte ihn ins Gepäcknetz. Wir hatten keinen Arzt und keine Medikamente und es dauerte doch noch zwei Tagen bis wir in Luxemburg ankamen. Dort kamen zwei Sanitäter an und nahmen meinen Bruder Peter mit ins Krankenhaus, er hatte das Bewusstsein schon verloren. Mutter ging mit und so stand ich als Zwölfjährige mit meinen kleinen Geschwistern in der großen Bahnhofshalle ganz allein, denn ich sollte auf Mutter warten. Es war schon dunkel als Mutter zurückkam, meinen Bruder Peter behielten sie noch zehn Tage lang. Dann nach ungefähr einer Stunde Autofahrt kamen wir zuhause in HAYANGE an. Wir waren tief bewegt.

Meine liebe Tante Anna empfang uns weinend, ihr einziger Sohn Jean (Menne) war als französischer Soldat gefallen.

Von unserem Vater wussten wir nicht ob er noch lebte, und wo er war. Wir waren nur noch müde. Ich schlief fast zwei Tage lang. Jetzt erst merkten wir, wie erschöpft wir waren. Dieser Krieg….

Dann nach vierzehn Tagen brachte man unseren Bruder Peter aus dem Krankenhaus heim, er war so dünn geworden, aber wieder gesund.

Und dann, nach paar Wochen Hoffen, stand unser Vater auch vor der Tür. Nun war die Welt wieder in Ordnung. Wie er uns erzählte, war er in CLERMONT FERRAND gefangen gewesen, nun waren wir wieder eine glückliche Familie.

1941 -1942

Vater nahm seine Arbeit wieder auf, meine beiden Brüder gingen in die Lehre, ich ging wieder zu Schule. Die Klosterschule wurde aufgelöst; wir bekamen deutsche Lehrer.

Jetzt fingen wir auf Deutsch an, wir internationalen Kinder. Wir mussten in dieser alten spitzdeutschen Schrift schreiben, das war Chinesisch für uns. Kinder, bis wir diese alte Schrift mahlen konnten. Wir hatten einen alten Lehrer aus NÜRNBERG, der schon in Rente war. Es war ein guter alter Mann, der vor allem die alte Geschichte gut kannte. Das war mein Lieblingsfach.

Die Jungen wurden alle eingezogen…

1943

Dann im Januar 1943 bekamen wir wieder ein Schwesterchen, Hildegard. Nun waren wir sechs Kinder, Vater und Mutter - eine große Familie. Der Krieg in Russland wurde immer härter, man sprach von Konzentrationslagern. Viele jüdische Familien verschwanden über Nacht, aber keiner wusste wohin. Sie kamen nicht mehr... Auch andere gute Nachbarn wurden über Nacht und Nebel abgeholt, es waren gute Leute die keinem was taten, es war furchtbar.

Mein älterer Bruder Reinhold wurde eingezogen, gerade 18-jährig, nach 3 Monaten Ausbildung direkt an die Ostfront. Vater wurde eingezogen mit 48 Jahren, er kam nach Koblenz Ehrenbreitstein. Es dauerte nicht lange und auch mein Bruder Peter wurde zur Marine eingezogen, er kam nach Norwegen.

Ich kam aus der Schule und wollte eine Lehre eingehen, aber Mutter erlaubte es mir nicht. Angeblich brauchte sie mich daheim, ich war sehr wütend. Heute weiß ich dass sie allein Angst hatte.

Dann eines Tages bekamen wir die Nachricht, dass mein Bruder in Russland verwundet wurde. Er lag in einem deutschen Lazarett. Nach drei Wochen wurde er entlassen und bekam Genesungsurlaub. Er war jung und gesund und die Wunden heilten sehr schnell. Bald ging es wieder an die Front und wieder wurde er verwundet, und es wiederholte sich dasselbe.

Vater war in Koblenz. Täglich gingen dort die Bomben nieder. Sie waren eingeteilt zum Straßenräumen.

Die Angst geht um. Bruder Reinhold war in einem Unteroffizierlehrgang und musste immer wieder an die Front. Er war 1. Melder. Dann eines Tages bekam er das Eiserne Kreuz 2. Klasse und acht Tage Heimaturlaub, aber es war sein letzter Urlaub.

Man sprach auf einmal von einer Invasion der Alliierten in Frankreich, schon waren die Straßen mit deutschen Soldaten voll die auf dem Rückweg waren. In den Wäldern wurde geschossen überall waren Widerstandskämpfer, die Front rückte näher.

Da wurde Mutter auf einmal sehr krank. Lungenentzündung sagte der Arzt. Ich musste für meine jungen Geschwister sorgen es war sehr schwer.

Täglich kamen Todesnachrichten aus Russland, viele Freunde meiner Brüder fielen. Meine Mutter lag im Bett mit hohem Fieber. Ich hatte gerade das Mittagsessen fertig als ein Schrei meiner Mutter aus dem Schlafzimmer kam. Ich lief schnell zu ihr hin. Sie saß aufrecht im Bett und starte mit weit aufgerissenen Augen auf das Bettende. Sie schrie: „Hier war ein großes Feuer und ich habe Reinhold nach mir rufen gehört!" Ich konnte sie fast nicht beruhigen an diesem Tag, es war der 21. Juni 1944. Am selben Tag kam auch noch Post von Reinhold, dass es ziemlich ruhig wäre, und dass wir uns keine Sorgen machen sollten. Ich muss zugeben ich hatte Angst. Ich tröstete Mutter so gut es ging, ich sagte ihr dass sie durch das hohe Fieber ein Alptraum hätte. Aber sie spürte es besser. Nach sechs Tagen ging es der Mutter ein wenig besser.

Dann bekamen wir Besuch von meiner Tante Lisa, mit ihrem Schwiegersohn Fritz, der damals auf dem Bürgermeisteramt tätig war. Als ich die Tür öffnete, wusste ich Bescheid. Mein lieber Bruder Reinhold war nicht mehr.

Es war ein Schmerz, den ich nie vergessen werde. Es war das erste mal dass ich bewusst mit dem Tod in Berührung kam. Wir drei Großen waren doch sehr eng miteinander aufgewachsen. Und nun fehlt der eine in der Reihe.

Vater bekam Urlaub, Mutter ging es wieder schlechter. Was soll ich nur tun? Vater musste wieder zu seiner Einheit zurück, ich musste stark sein. Mutter behauptete nach wie vor dass sie ihren Sohn in der Todesstunde nach ihr rufen hörte, denn es war genau das Datum seiner Todesstunde. Es passierte am 21. Juni 1944. Ich wollte es ja nie so glauben.

Meine Mutter wurde 97 Jahre alt, sie lebte bei mir. Ich pflegte Sie, ich war schon selbst Großmutter, als wir eines Abends am Fernseher saßen und das Wort zum Sonntag hörten. Da sprach der alte Fernsehpfarrer von der Liebe von Mann zu Frau und von Müttern zu ihren Söhnen. Söhne, die tausende Kilometer in Russland in der Todesstunde nach der Mutter riefen, und die Mutter sie hörte. In diesem Augenblick wusste ich dass es wahr war, wir weinten beide.

Mit Trauer und Angst ging das Leben weiter, es war nichts mehr wie vorher. Der Krieg kam näher, was sollten wir tun, die Artillerie schoss schon ganz in der Nähe. Im letzten Urlaub vom Vater beschloss er mit Mutter, dass wir uns in REIMSBACH an der Saar im Haus von Vaters Großeltern wieder treffen würden, falls wir flüchten müssten. Der Plan war gut, aber es wurde anderes.

Der Schwiegersohn von Tante Lisa wusste, dass in dieser Nacht der letzte Zug ausfuhr. Schnell packten wir ein paar Sachen zusammen und fuhren mit Tante Lisa und ihrer Familie nach Deutschland. Aber der Zug hielt nirgends an, er fuhr durch bis nach BAYREUTH, nur unterwegs wurden wir von Tieffliegern angegriffen. Wir versteckten uns unter den Sitzen, die Lok wurde getroffen.

Es musste eine neue her, in ein paar Stunden ging es wieder los, ins Ungewisse. Dann auf einmal waren wir in BAYREUTH. Die Stadt war noch unbeschädigt, aber der ganze Bahnhof lag mit verwundeten Soldaten zu, die von der Ostfront kamen.

Auf offenen Güterwägen lagen die schwer verwundeten Soldaten mit offenen Wunden, manchen schrien vor Schmerzen. Ärzte und Sanitäter halfen überall, es war ein Grauen. Massen von Flüchtlingen aus den Ostgebieten kamen in BAYREUTH an.

Wir mussten ein paar Stunden warten bis wir von Bauersleuten aus der Umgebung abgeholt wurden. Wir kamen in dem kleinen Dorf OBERÖLSCHNITZ bei sehr guten Leuten unter, es war eine Witwe mit zwei Töchtern und einem Sohn, der den Arm im Krieg verloren hatte. Er sollte mal den Hof übernehmen. Diese Leute gaben uns vorübergehend wieder ein Heim und Geborgenheit. In jedem Haus fehlte der Vater, der an der Ostfront stand. Die einzigen Männer die noch da waren waren der Ortsbauerführer und ein Dutzend französische Gefangene, die bei den Bauern bei der Ernte halfen.

Hier auf dem Lande war Frieden. Wir halfen auf dem Feld, bei der Kartoffelernte. Als wir von Tieffliegern angegriffen wurden, liefen wir schnell in den Wald, denn diese Flieger waren so schnell wie der Blitz.

Von Bruder Peter hatten wir schon lange keine Post bekommen, es wird ihm doch nicht etwas passiert sein? In den Nachrichten hörten wir, dass unsere Heimat Lothringen vom Ami überholt war.

Eines Tages waren wir wieder auf dem Feld, als plötzlich die Sirenen heulten. Dieses Oberfranken ist sehr flach und wir konnten den Bombenangriff auf BAYREUTH sehen.

Die ganze Stadt war mit Flüchtlingen und Verwundeten besetzt, es war ein einziges Blutbad. Man war ja nicht darauf gefasst, und jeder glaubte, dass die Stadt verschont würde. Keiner ging in den Bunker - nun war es doch geschehen.

In der West- und Ostfront sah es nicht gut aus, die Flieger bombardierten unsere Städte. Hitler, der Satan, verlangte den totalen Krieg - es war Wahnsinn. Wir Frauen, ich war erst 15 Jahre alt, mussten Schützengräben bauen.

Der Ortsgruppenführer bekam die Order, dass alle Jungen, selbst Kinder, und alte Männer, die noch da waren, sich zu Wehr melden sollten. Da war ein kleiner buckeliger Schneider der krank war, er sollte auch mit. Er zitterte am ganzen Leibe vor Angst, bis die Mutter ihn unter ihrem weiten Trachtenrock versteckte. Es dauerte nicht lange und sie kamen wieder alle heil zurück.

Der Ami stand schon vor der Stadt. Und dann eines Tages kamen diese Fremden, gemischte Soldaten, es waren auch viele Neger dabei, auf unseren Hof zumarschiert. Schwer bewaffnet mit Maschinengewehren. Wir flaggten die Häuser mit weißen Betttüchern.

Das Haus wurde besetzt, wir mussten in den Scheunen schlafen. Das Vieh durften wir im Stall füttern. Das erste was sie taten: Sie gingen auf Eiersuche, sie aßen sie körbeweise. Wir schliefen sehr unruhig in der Scheune. Einmal nachts ging eine Schiesserei los. Eine deutsche Truppe kam auf unser Dorf zu und dachte es sei noch frei. Da gab es viele Toten. Nach acht Tage zogen die Alliierten weiter bis nach BERLIN.

Und dann war Frieden... Frieden!

Die kleine Glocke die noch da war läutete den Frieden ein, aber es gab keinen Jubel. Was hatte dieser Krieg gebracht? Nichts als Elend und Tod. Es gab keine Gewinner und keine Verlierer. Fast in jedem Haus gab es einen Toten zu beklagen.

Die französischen Gefangenen versammelten sich für nach Hause. Sie benachrichtigten uns, dass eine Eisenbahn Richtung Frankreich fuhr. Der Krieg war aus und wir wollten auch heim. Wir fuhren mit einem Kuhgespann nach BAYREUTH, aber es dauerte doch noch drei Tage bis Abfahrt war.

Unterwegs sahen wir nur noch Trümmer, die Städte lagen am Boden. Die große Rheinbrücke hatte man notdürftig zusammengebaut, auch mussten wir, da es nicht weiter ging, für zwei Tage in einem leeren Zuchthaus übernachten.

Und dann waren wir daheim. Aber diesmal war unsere Wohnung von Franzosen besetzt und wieder waren wir die Verlierer. Es wiederholte sich alles wieder. Tante Anna nahm uns auf. Wir vier Kinder und Mutter, von Vater und Bruder Peter hörten wir nichts.

Nach zwei Tagen wurden wir wieder interniert, wir kamen in der Nähe von HAYANGE in Russenbaracken, so wie die Russen sie verlassen hatten, unter. Altes, dreckiges Stroh, das stank, Läuse, Flöhe und Wanzen. Sobald es Nacht wurde, kamen sie aus ihren Holzritzen raus und bissen uns. Wenn man sie zerdrückte stanken sie wie die Pest, es war sehr schlimm. Das Leben war nicht mehr schön, der Hass auf die Deutschen war schrecklich.

Dort erfuhren wir auch von den vielen Juden die vergast wurden. Wir wussten es vorher nicht. Und wir hätten es auch nicht ändern können, denn jeder der diesem Regime widersprach wurde an die Wand gestellt.

Und keiner kamen ihnen zu Hilfe. Es ist gut dass sie sich heute eine Heimat geschaffen haben, aus dieser verbrannten Erde einen blühenden Garten gemacht haben. Hätte es damals ein Israel gegeben wären vielleicht viele gerettet worden.

In diesem Lager, ZUSSANGE so hieß der Ort, schliefen wir keine Nacht. Die Wanzen fraßen uns auf, wir waren übersät mit Eiterpusteln, und es gab kein Gegenmittel. Frankreich war auch am Boden zerstört durch die lange deutsche Belagerung, es gab keine Medikamente, auch das Volk musste hungern.

Eines Tages gingen wir ein bisschen im Hof spazieren, da sahen wir, dass man unseren Vater an Ketten rein brachte. Als er uns sah, ging ein Leuchten über sein Gesicht. Endlich hatte er uns gefunden. Er war aus der Kriegsgefangenschaft entlassen worden, und so ging er nach REIMSBACH, wie verabredet, zum Haus seiner Grosseltern. Er suchte uns und da wir nicht da waren kam er uns nach HAYANGE suchen. Und als er über die Grenze ging, wurde er wieder interniert, und es dauerte nicht lange und wir wurden wieder getrennt.

Die Männer kamen nach Südfrankreich, und wir Frauen und Kinder nach ECROUVE (NANCY) in ein altes Gefängnis. Gott sei Dank ohne Ungeziefer. Wir hielten uns so sauber wie es nur ging.

Wir waren immer bis zu vierzig Leute in einer großen Zelle, und davon gab es neun.

Mittags eine Stunde Hofgang, für den Notbedarf gab es eine große Latrine, die mussten wir abwechselt morgens entleeren. Um sieben Uhr war Appell, da mussten wir vor den Holzpritschen stehen.

Die Zeiten wurden immer schlechter, auch draußen wurde alles knapp. Nach vierjährigem Krieg war alles aufgebraucht, und der Hass auf die Deutschen wurde immer mehr. Das kleine Stück Brot wurde immer kleiner, ich aß es schon morgens auf. Und die Wasserbrühe-Suppe brachte ich nicht herunter, sie schwamm voll Mäusedreck. Es war zum Sterben zuviel und zum Leben zuwenig.

Mein kleiner Bruder bekam Hungerödeme. Es waren kein Arzt und keine Medikamente da. So bekam meine Tante Anna die Erlaubnis das Kind zu sich zu nehmen, nach HAYANGE. Nun waren wir mit Mutter nur noch zu viert.

Mir ging es nicht gut. Ich war immer müde, das Leben war so trostlos. Eines Tages bekam ich eine schlimme Gallenkollik durch dieses Brot, das zur Hälfte aus Kartoffelschalen war, und das kalte Wasser dazu. Ich ging die Wand hoch, es war ein Schmerz den man nicht beschreiben kann, und kein Arzt. Nur ein Sanitäter der auch interniert war durfte mit Bewachung Teekräuter sammeln gehen Er braute mir einen Sud, der so bitter war, aber sofort half. Der Schmerz hörte sofort auf und ich war im so dankbar. Diese Krankheit kam später immer wieder, bis ich mich nach Jahren operieren musste.

Nun war ich bald sechzehn Jahre und das Leben war so trist; ich glaubte so würde es ewig dauern. Es wurde Herbst und Winter, Weihnachten nahte. Da wurde Mutter sehr krank. Sie hatte Angina und eine Gürtelrose im Gesicht, und kein Medizin. Man brachte sie in eine Rot-Kreuz-Baracke, ich hörte fast acht Tage nichts mehr von ihr. Später sagte man mir, dass sie in Koma lag.

Jetzt war ich mit meinen zwei kleinen Geschwistern allein. Es war Noel, der Heilige Abend. In der Nähe läuteten die Glocken zu Mette. Ich weinte und betete die ganze Nacht, denn jeden Tag brachte man die Verstorbenen in einfachen Holzkisten an unseren Fenstern vorbei. Gegen morgen muss ich eingeschlafen sein, als eine Wärterin mich aufweckte und bat, mit den Kindern mit zu kommen zu unserer Mutter. Ich konnte es nicht fassen und glauben. Gott hatte mich erhört, Mutter hatte die Krise überstanden und war auf Besserung.

Es war mein schönstes Weihnachtsgeschenk! Sie blieb noch acht Tage dort, aber ich wusste sie kommt wieder. In der Nähe von unserem Gefängnis war ein Lager mit kriegsgefangenen Deutschen, aber unter amerikanischer Wache. Nun ging es ein wenig besser, sie bastelten für unsere Kinder Spielzeug aus Holz. Meine kleine Schwester bekam einen Puppenwagen, es war das einzige Spielzeug nach Jahren. Die Puppe bastelten wir aus Stroh, wir hatten ja Übung darin, sie freute sich so sehr.

Ein Tag war wie der andere: Hoffen, Hunger und Heimweh. Mutter erholte sich so langsam wieder und kam zu uns zurück. Eine Last ist mir von den Schultern gefallen.

Von Tante Anna hörten wir dass es unserem kleinen Bruder besser geht, wir waren ihr so dankbar. Ich muss noch sagen dass Tante Anna die Zwillingsschwester von Vater war, und der Krieg hatte ihr den einzigen Sohn genommen. Von Vater und Bruder hörten wir nichts. Es kamen Tage wo ich nur noch weinte, ich glaubte mit dem Kopf durch die Wand oder durch die verriegelte Türe zu gehen. War denn mein junges Leben schon vorbei? Dann kamen Tage wo ich nur noch schlafen und nicht mal mein Brot essen wollte.

Mutter baute mich immer wieder auf. Das Leben war so öd und traurig und es war sehr kalt. Wir hatten keinen Ofen in der Zelle. Die Fenster hatten Eisblumen an den Scheiben. Wir hatten alle Husten und Schnupfen, ich hatte kaum noch was zum Anziehen. Der Mantel wurde zu kurz, ich konnte ihn nur noch als Jacke tragen. Meine Schuhe waren zu knapp und eng, ich schlitzte sie vorne auf damit ich keine Schmerzen mehr hatte. Keiner half mir, wir waren wieder von Gott und der Welt verlassen.

Ich träumte oft von einem weiß bezogenen Bett, das nach Persil roch. Und von einer guten Rindfleischsuppe, so wie Mutter sie kochte. Oder nur einmal satt am Brot essen. Deswegen ist Brot für mich auch heute immer noch was Kostbares.

Dann eines Tages hieß es auf einmal, die aus dem Saargebiet kommen heim. Das Saargebiet, wie es damals hieß, war von den Franzosen besetzt. Nun meldeten wir uns, denn wir hatten ja keine Heimat mehr.

Wir schrieben uns ein, aber glauben konnten wir es noch nicht, denn wir sind oft belogen worden. Aber es wurde wahr. Es dauerte noch eine kleine Weile aber wir wurden frei.

FREI! …. FREI!

Wir zogen ins Elternhaus meiner Großmutter. Wir mussten uns noch an die Freiheit gewöhnen. Die Angst war immer noch da. Was kommt jetzt? Aber es wurde besser. Nach drei Wochen wurde auch Vater entlassen, er bekam auch gleich Arbeit auf der Völklingerhütte, er musste nur über der Woche dort bleiben und im Schlafhaus übernachten, aber jeden Samstag kam er zu uns.

Überall war Hungersnot, auch auf dem Land. Der Kunstdünger fehlte, die Kartoffeln wurden immer kleiner… aber Mutter kochte und wir wurden satt. Auch wenn es oft nur eine Rappsuppe und Apfelkompott war, wir waren ja nicht verwöhnt.

Wir hatten, als wir hier ankamen, unser Koffer und Habseligkeiten in BECKINGEN (SAAR) auf dem Bahnhof stehen lassen. So mussten Mutter und ich sie mit einem Handkarren abholen, denn es fuhr noch kein Bus. Es waren zwölf Kilometer hin und zurück, wir waren fast den ganzen Tag unterwegs. Wir mussten sehr oft rasten denn wir waren das Laufen nicht mehr gewöhnt. Unsere Füße waren voll Blasen und blutig. Unsere Wunden an den Füssen heilten wieder.

Dann wurde ich sehr krank. Auf meinem ganzen Körper bildeten sich große Eiterbeulen, auch auf der Brust, auf den Beinen und Armen. Sobald die eine heil war, kamen die andere, es war zum verrückt werden.

Aber hier im Dorf war eine gute Krankenschwester, man nannte sie Emma. Sie braute mir mit verschiedenen Tees eine gute Salbe. Die half, es dauerte wohl noch ein bisschen, aber sie half.

Eines Tages kam dann auch mein jüngster Bruder Peter aus der Gefangenschaft heim.

Er war bei der Marine, ging als Kind fort und kam als Mann wieder. Nun waren wir wieder eine Familie. Peter hatte damals eine Lehre als Zimmermann gemacht, aber es gab noch keine Arbeit. Es war noch alles blockiert und stand still. Und die Suppe wurde immer dünner…

Eines Tages standen wir auf und mein Bruder Peter war fort. Er hinterließ den Eltern einen Brief, dass er auf Arbeitssuche ging und so bald er Arbeit gefunden hätte, würde er sich melden. Aber er blieb fast sieben Jahre verschollen, kein Lebenszeichen. Vater ließ nach ihm suchen, vergebens.

Später als er wieder kam erzählte er, dass er sich in die Fremdenlegion gemeldet hatte, da er nirgends Arbeit fand. Und dort versprach man dem Jungen ja soviel. Es waren schlimme Jahren, ich weiß nicht wie die Eltern es aushielten. Nicht zu wissen lebt er noch oder nicht. Mutter weinte sehr viel.

Mit dem Frieden kehrte so langsam der Alltag ein. In unserem Dorf, ich glaube 2.500 Einwohner, war fast in jedem Haus ein oder zwei gefallene Söhne zu beklagen, und noch viele waren in Gefangenschaft.

Mir gefiel REIMSBACH sehr gut. Ich spürte dass meine Wurzeln von dort kamen. Ich hatte wieder eine Heimat gefunden. So befreundete ich mich mit gleichaltrigen Mädchen, wir trafen uns abends vor einer Dorflinde und sangen Lieder. Es gab ja noch kein Kino, kein Tanz, es war noch alles wie gelähmt, und wir waren doch noch blutjung. Mit der Zeit kamen dann auch die jungen Männer aus der Gefangenschaft.

Und so machte ich auch die Bekanntschaft mit meinem späteren Mann. Er gefiel mir sehr gut durch seine natürliche offene Art, und ich gefiel ihm sehr wahrscheinlich auch. Wir fanden zueinander und ließen uns nicht mehr los.

Ich war jetzt achtzehn Jahre jung und wollte das Böse, das hinter uns lag, vergessen.

Mein zukünftiger Mann hatte eine Lehre als Buchdrucker gemacht, aber es gab noch keine Arbeit als Drucker. Deutschland lag in Schutt und Asche, es wurden nur Bauarbeiter gebraucht. So meldete er sich bei einem hiesigen Bauunternehmer an. Für Frauen gab es noch keine Arbeit, ich hatte ja auch noch nichts gelernt.

Und so kam es, dass eine frühere Freundin von mir aus HAYANGE, die eine Metzgerei besaß, mir eine Arbeit besorgte. Ich konnte ja nicht immer daheim sitzen bleiben, aber ich ging nicht mehr gerne von hier fort. Meinem Freund gefiel es auch nicht so recht, aber ich versprach ihm treu zu bleiben und jeden freien Tag heim zu kommen. Denn REIMSBACH war jetzt meine Heimat geworden, die ich liebte. Wir schrieben uns viele, viele Briefe, die ich heute noch besitze.

Im Urlaub waren wir zusammen, im Dorf gab es wieder Kino und Tanz. Der Vater meines Freundes kam aus der Gefangenschaft heim, das normale Leben nahm seinen Lauf. Ich fühlte, dass jetzt eine glückliche Zeit anfing, wir freuten uns über jede Kleinigkeit. Bei Gott, das Leben wurde schön!

Ich arbeitete mich in die Metzgerei als Geselle ein, wir hatten viel zu tun. Ich musste für acht Leute kochen. Samstags half ich im Laden aus, und musste so manche Überstunde machen. Aber es machte mir nichts aus, wir waren jung.

Ich wohnte damals bei Tante Anna, sie war sehr gut zu mir und ich liebte sie sehr. Ab und zu kam mein Freund uns besuchen. Wir liebten uns und dann eines Tages merkte ich, dass ich schwanger war. Es gab noch keine Pille… Was nun tun?

Ich schrieb es meinem Freund und er kam auch sofort um mich heim zu holen. Er war damals schon ein "Familienmensch" und freute sich.

Aber wir hatten doch damals noch keine Ersparnisse, und so gaben uns seine Eltern eine Wohnung in ihrem Haus. Es war zwar ein wenig eng, denn er hatte auch noch eine Schwester, aber wir brauchten nicht viel Platz. Ich war schon im dritten Monat schwanger. Es eilte, und so besorgte ich mir die Heiratspapiere.

Als wir das Aufgebot machen wollten, stellte man fest, dass ich zuerst auf dem französischen Konsulat in Saarbrücken heiraten musste, und dann erst in BECKINGEN REIMSBACH, weil ich die französische Staatsbürgerschaft hatte. Ich war ja in Frankreich geboren.

Wieder neue Papiere, wieder ein neues Aufgebot, man verzögerte die Sache. Der Hass war grenzenlos, man nahm mir sogar übel, dass ich einen Deutschen heiratete. Gott sei Dank gibt es heute wieder normale gute Menschen. Schuld war ja nur der Krieg. Man bot mir sogar viel Geld an, wenn ich mein Kind in Frankreich auf die Welt bringe. Obwohl wir das Geld sehr gebraucht hätten, wir stimmten nicht zu. Das Kind sollte niemals das Schicksal von uns und meinen Eltern erleben!

Dann endlich 1950:
Wir sind verheiratet!
„HURRA"

Es war eine ganz schlichte Hochzeit in der REIMSBACHER Kirche, nach der Frühmesse. Wir liebten uns und waren so glücklich. Ich fühlte mich geborgen, und hatte starke Schultern an die ich mich anlegen konnte. Jetzt konnte ich mich auch mal fallen lassen, ich musste vorher immer stark sein. Jetzt tragen wir alles zusammen.

So kam auch bald unser Sohn Gerd zu Welt und nun waren wir eine Familie. Was gibt es Schöneres auf dieser Welt als Familie und einen Mann, mit dem man Freude und Leid teilen kann.

Nun merkten wir, dass es auf die Dauer doch ein wenig eng wird. Wir beschlossen zu bauen. Geld hatten wir noch keines, aber Unmengen von Mut.

Ich war gerade zwanzig und mein Mann zweiundzwanzig Jahre jung. Die Welt stand uns offen. Wir sparten uns ein wenig Geld und kauften uns ein schönes Grundstück. Sie waren damals noch sehr preiswert.

Wir waren die ersten in der Strasse, heute gibt es über hundert. Wir fingen auch sofort an. Ein Plan wurde entworfen, es wurde alles von Hand geschaffen. Vom Schwiegervater bekamen wir den Schubkarren, vom Schwager eine Form zum Steine machen. Je ein Sack Zement, Schlackensand und Sand, so war die Mischung. Dreimal musste es umgeschaufelt, und einmal nass gemacht werden bis es in die Form kam. Zwölf Galoppsteine kamen heraus, aber viele hunderte Steine mussten gemacht werden. Mein Mann arbeitet damals bei dem Bauunternehmer von früh bis spät. So blieben uns manchmal nur die Wochenenden zum Bauen.

40

Und dann wurde unser Sohn sehr krank, er vertrug die Fette der Kuhmilch nicht. Er weinte viel, mein Mann fand nachts fast keinen Schlaf. Und er musste so schwer arbeiten. Damals gab es noch keinen Bagger und keine Betonmaschine, alles wurde von Hand gemacht. Wie oft ging er ohne Schlaf zu Arbeit. Dann gab es auf einmal eine Kindernahrung, Milupa Trockenmilch, und das war die Rettung. Sie war damals sehr teuer, aber das Kind ging vor.

Wir bauten jede freie Minute, sogar sonntags und an Feiertagen. Wenn Spaziergänger vorbei kamen versteckten wir uns hinter den verbauten Mauern, denn hier auf dem Land wird der Sonntag noch sehr gehalten. Aber es musste ja weiter gehen. Dann hatten wir Pech: in unserem Fundament kam eine Quelle zum Vorschein, die immer stärker wurde. Damit hatten wir nicht gerechnet, die mussten wir mit Dränagen ablenken. Das kostete Zeit, Verlust und Geld. Aber was soll`s, es ging wieder weiter. Ich mischte den Mörtel und mein Mann baute. Das Wasser nahmen wir vom vorüber fließenden Bach.

Unser Keller wuchs, es war jetzt Herbst und im Frühling wollten wir in den Keller einziehen. Damals wohnten viele Leute im Keller, heute nennt man sowas Einliegerwohnung. Der Winter kam, wir sparten jeden Pfennig und ruhten uns ein wenig aus.

Aber durch den Frost wurde die Arbeit beim Bauunternehmer eingestellt Es sollte nur noch 60% Lohn geben, aber auch die bekamen wir nicht, denn der Unternehmer hatte selbst gebaut und bekam keinen Kredit mehr. Unsere Eltern und Schwiegereltern halfen uns zu überwintern.

Aber es war Frieden und wir waren so glücklich, wir hatten schon so viel durchgemacht. Jetzt konnte es nur noch weiter gehen. Von den Eltern meines Manns bekamen wir ein junges Ferkel und ein junges Zicklein zum Aufziehen. Es machte so viel Spass, was Eigenes zu haben. Auch pflantzten wir Kartoffeln und Gemüse.

Da wir noch kein eigenes Kapital hatten, mussten wir den Rohbau aus eigenen Mitteln herstellen. Dann erst bekam man einen Bankkredit. Der Frühling kam uns nicht schnell genug… Dann ging es wieder los, und mit frischem Mut an die Arbeit.
Der Keller wuchs und wir deckten ihn mit Ziegeln ab, und machten ihn bewohnbar. Zwei Fenster, zwei Türen, das reichte vorerst.

Die Wände strichen wir weiß, den Fussboden deckten wir mit Linoleum zu, schöne bunte Gardinen kamen an die Fenster. Es war unser schönes Eigenheim, mit zwei Zimmern reichte es für uns.
Das Einzige was fehlte, waren Trinkwasser und Strom. Wie gesagt, wir waren die Ersten in der Strasse. Wir besorgten uns eine alte Kapitt-Grubenlampe, und das Wasser nahmen wir aus dem Rohrbach. Es gab damals noch keine Waschmachine, nur ein Waschbrett, das viele Jahre später mein jüngster Sohn mal im Keller fand und glaubte, es sei ein Musikinstrument.

Dann kam der Tag, wir zogen in unsere Kellerwohnung ein! Es war so schön, wir lachten und weinten vor Freude. Wenn ich heute darüber nachdenke, es war der schönste Tag in meinem Leben!

Die Wiesen waren grün und wir legten gleich einen Garten an, mit Kräutern und Blumen. Wir kauften uns ein paar Hühner, Enten und Schafe. Zwei Ferkeln und eine Ziege standen im Stall. Wir waren Selbstversorger.

Morgens weckte uns der Hahn, kein Autos. Es war so schön und ich war gerade einundzwanzig Jahre alt. Ich glaube der Herrgott wollte wieder alles gut machen. Und wir waren ihm so dankbar.

Und dann kauften wir uns den einzigen Luxus, es war ein kleines Radio und wenn wir morgens am Kaffeetisch saßen und unsere „Eierschmier" aßen, sang der „Kammillo Felgen" immer um dieselbe Zeit das Lied von „Mon Papa".

So verging das Jahr und es wurden wieder Galoppsteine gemacht. Dann eines Nachts kam ein schweres Unwetter auf, unser kleines Dach drohte uns fort zu fliegen. Es stürmte und donnerte und blitzte. Die Nacht war taghell, wir mussten rauf auf's Dach um es mit Steinen zu befestigen. Wir waren bis auf die Haut nass, aber Gott sei Dank, es hielt.

Nun bekamen wir nach und nach freundliche Nachbarn. Die genau wie wir in den Keller einzogen, denn die Wohnungsnot war immer noch hoch. Die Gemeinde bemühte sich jetzt auch eine Wasserleitung in unsere Strasse zu bauen. So bekamen wir auch in den vordersten Kellerraum einen Anschluss. Bis die Hausleitung fertig war dauerte es noch ein wenig.

Der Wasseranschluss war zwar mit einer Kapsel versiegelt, aber sehr warscheinlich nicht fest genug. Denn als ich eines Nachts aufstand um nach dem Kind zu schauen, stand ich bis zu den Knien im Wasser. Die Stühle schwammen umher. Wir machten schnell alle Türen auf damit das Wasser wieder abfließen konnte. Es dauerte eine Zeitlang bis alles wieder trocken war.

Das Holz zum Heizen mussten wir mühsam im Walde schlagen, es gab noch keine Motorsäge, sondern nur Trumsägen, die zwei Leute von Hand bedienen mussten. Mein Mann war linkshändig und ich rechtshändig, was war das immer ein Kampf...

Das erste Jahr im Keller hatten wir gut überstanden. Da bekam mein Mann ein Angebot von einer Offsetdruckerei, die in Saarbrücken tätig war. Mein Mann sagte gleich zu, denn noch einen Winter ohne Geld und mit einem Kind konnte wir uns nicht leisten. So wurde er wieder Drucker und später sogar Abteilungsleiter.

Die Wirtschaft florierte wieder so langsam, die Schaufenster füllten sich mit Waren. Wir kauften uns mal wieder schöne Kleider. Nur waren die Textilien noch nicht so gut. Ich erinnere mich an einen schönen Sonntagmittag, da war ein Fussballspiel auf dem Platz. Fast jeder ging hin, und fast jeder hatte einen neuen Anzug oder ein neues Kleid an. Da kam auf einmal ein schwerer Platzregen, man konnte sich nirgendswo unterstellen. Als wir heimgingen hatten alle Männer Hochwasserhosen und die Frauen Minikleider. Es war zum Totlachen, der Stoff war damals aus einer Art Nylonkreppfaser, die bei nassem Zustand einging.

Nun war es wieder Frühling geworden und das Jahr 1954. Ich wurde wieder schwanger, das Haus war im Rohbau fast fertig. Da beantragten wir ein Darlehen, denn mit zwei Kindern wollte ich doch nicht noch ein Jahr im Keller bleiben.

Aber wir wurden immer wieder vertröstet, es gab ja auch so viele Nachfragen. So tat ich damals etwas, was ich hinterher nicht bereute: Ich schrieb damals einen persönlichen Brief an den Ministerpräsidenten des Landes und schilderte unsere Lage.

Es dauerte noch keine acht Tage, da kam eine Delegation Bankherren um sich zu informieren. Und innerhalb von vierzehn Tagen hatten wir unser Baudarlehen, es waren noch Franken. Es war nicht sehr viel, aber für den Gipser, Elektriker und Schreiner reichte es aus. Es war ein Regierungsdarlehen zu 3,5 Prozent. Wir durften noch kein Bad von diesem Geld einbauen, wozu es aber sowieso nicht gereicht hätte.

Ich bereitete mich jetzt auf die Niederkunft vor, denn ich wusste dass es noch viel zu tun gab, wir machten ja fast alles selber. Wenn wir wenigstens Strom gehabt hätten. Die Handwerker hatten auch viel zu tun und unser Kapittlicht gab so langsam den Geist auf. Ich musste jeden Tag den Brenner putzen.
Einmal hatte ich vergessen ihn zu putzen - morgens sahen wir alle wie die Neger aus.

Es kam der Herbst und unsere kleine Tochter Gabi kam im Keller auf die Welt, unter dem Licht der alten Kapittlampe. Es gab damals nur Hausgeburten. Gabi war ein kleines gesundes Mädchen, und das zählte.

Mein Mann hatte seine Arbeit in Saarbrücken, wo er über vierzig Jahre tätig war, bis zur Rente. Ich kümmerte mich um die Kinder und den Haushalt. An den Sonntagen gingen wir viel mit den Kindern spazieren. Mein Mann war ein guter Vater, die Familie war sein ein und alles. Er liebte auch seine Dorfgemeinschaft und wurde ganz jung in den Gemeinderat gewählt. Auch war er lange Jahre stellvertretender Bürgermeister von REIMSBACH.

Acht Jahre war er Schiedsmann unseres Dorfes, er war im Sportverein, im Lückner Chor, lange Jahre Vorsitzender seiner Partei, im Obst und Gartenbauverein. Er liebte sein Dort und machte alles ehrenamtlich.

Der Winter ging vorbei und das Haus wurde fertig. Der große Tag war da. Ich hatte schon die Räume tapeziert und die Gardinen aufgehangen. Da wir im Keller noch nicht viele Möbel hatten, kauften wir uns neue. Das Kinderzimmer wurde neu eingerichtet. Es war auf einmal soviel Platz da, unsere Arbeit und der Fleiß hatten sich gelohnt. Wir dankten Gott für alles, und wir waren immer noch jung.

Nun ruhten wir uns mal ein wenig aus. Wir hatten unser Paradies geschaffen, auch für unsere Kinder. Unser Sohn Gerd ging 1957 zur Schule. Es gab immer etwas Neues zu tun: Ich knüpfte Teppiche und stickte Gobelinbilder, ich strickte und nähte für die Kinder, und das alles machte mir große Freude.

Das Obst wurde eingekocht, die Äpfel wurden gepflückt und eingelagert, die Kartoffeln wurden eingekellert. Es war so ein schönes Gefühl wenn der Keller sich füllte und es überall nach Äpfeln roch. Jetzt kann der Winter kommen. Sowas kann man natürlich nur auf dem Land erleben, das Leben ist so lebenswert!

Im jedem Frühjahr kamen junge Lämmer auf die Welt. Es war jedes Jahr ein schönes Bild wenn die Obstbäume blühten und das junge Gras so gut roch. Wenn man über die Felder ging standen die Kornkasten in Reih und Glied. Es war so schön Zuhause und eine Idylle, die ich heute sehr vermisse.

Unser Sohn Gerd kam zur Heiligen Kommunion. Dies war das erste grosse Fest im neuen Haus, es wurde zwei Tage lang gefeiert. Die ganzen Verwandten wurden eingeladen, es war ein schönes Familientreffen.

Auch möchte ich ein kleines Ereignis erzählen, das sehr schlimm hätte werden können.

Unser Sohn Gerd spielte sehr oft mit seiner kleinen Cousine Therese, die ein liebes aber auch ein lebhaftes Kind war. Da endeckten die beiden eines Tages hinter dem Haus meiner Schwiegereltern einen grossen Strohschober, den ein Bauer namens August dort aufgestellt hatte. Dort buddelten sich die beiden häufig ein und spielten, wovon wir nicht wussten. Wie das so geht sind Feuer und Wasser für Kinder immer etwas Aufregendes... Und so blieb es nicht aus, dass die kleine Therese eines Tages Streichhölzer dabei hatte. Die beiden machten kleine Feuerchen, die sie immer wieder löschten. Bis auf einmal der Wind so stark war, dass das Feuer nicht mehr zu löschen war.

Das gut getrocknete Stroh zündelte, sie versuchten es noch zu löschen, aber es ging nicht mehr.

Und es war auch gut so, nicht auszudenken wenn der Weg versperrt gewesen wäre. Beide liefen nach Hause, Gerd zu uns und Therese zum Großvater meines Mannes, der im Bett in der Kammer lag. Ein Satz und Terese lag mit Schuhen und Kleidern im Bett.

Da Opa nichts Gutes ahnte zog er die Bettdecke über sie. Dann drohte er jedem, der das Kind anrühren wollte mit dem Krückstock, den er immer am Bett stehen hatte. So war Therese schon mal auf Nummer sicher, und für eine Stunde vor Strafe gerettet.

Aber unser Gerd kam zitternd und heulend nach Hause und rief immer wieder: „Feuer, Feuer". Er hatte einen Schock. Und da sah ich auch schon die haushohen Flammen in Richtung Schwiegerelternhaus lodern. Was ich nicht wusste war, dass es hinter dem Haus brannte, und so kamen wir mal wieder mit dem Schrecken davon.

Wir kauften uns ein großes Grundstück, das an unser Haus grenzte. Es waren fast zwei Morgen Land. Und da auf ihm auch eine Quelle war, gruben wir uns einen Weiher. Wir hielten uns Forellen und Karpfen. Außerdem hatten wir so an die zwanzig Schafe. Von der Wolle fertigte ich warme Wolldecken und Bettvorleger. Mein Tag war ausgefüllt mit schöner Arbeit, und ich tat sie sehr gerne.

Jetzt wurde auch unsere Strasse ausgebaut und geteert. Wir haben sehr gute Nachbarn, es sind alles ehrbare Leute.

Wo soviel Freude ist, gibt es auch immer mal ein Leid. Es war an einem schönen Pfingstsonntag. Wir hatten Kirmes und es war ein schöner sonniger Tag. Wir hatten gerade zu Mittag gegessen, als mein Mann mit einem Cousin in den „Lückner" ging. Das ist ein großer Wald, indem an diesem Tag in einer Kapelle die Heilige Odilia gefeiert wird.

Von überall kamen Tausende Pilger zum Wallfahrten und der Sportverein hatte ein Bierzelt aufgeschlagen. Hier sollte mein Mann helfen.

Ich beschloss nach dem Abwasch mit den Kindern hier im Dorf zu bleiben, denn sie wollten Karussell fahren. Über dem Abwasch merkte ich nicht, dass meine kleine Tochter Gabi, die draußen spielte, ihrem Vater Richtung Dorf folgte, um sich ein Eis zu kaufen. Dann wollte sie schnell wieder nach Hause laufen. Aber es gab wohl so viel zu sehen auf der Kirmes, und so wollte sie noch schnell auf die andere Straßenseite - dabei wurde sie von einem Motorrad überrollt.

Ich vergesse nie den Schreck, als man mir die Nachricht brachte. Ich fuhr so schnell ich konnte hin. Sie legten mir mein blutendes Kind in die Arme. Sie war ohnmächtig und bereits notdürftig vom Roten Kreuz versorgt worden.

Ich bin ihnen heute noch dankbar dafür, denn sie taten das Richtige.

Wir fuhren ins Krankenhaus, ich war wie erstarrt. Drei Stunden lang operierten sie, Gabi hatte eine ganz schlimme Kopfverletzung. Ich sass allein im Wartezimmer. Man benachrichtigte meinen Mann und er kam dann auch gleich. Ich fiel ihm in die Arme und da erst konnte ich weinen. Wir weinten und beteten an ihrem Bett.

Drei Tage und Nächte saß ich an ihrem Bett und flehte Gott an, dass er mir mein Kind wieder heil macht. Und in der folgenden Nacht schlug sie plötzlich die Augen auf und sagte „Mama". Sie erkannte mich, aber sie schlief gleich wieder ein. Als morgens der Arzt kam und nach ihr schaute, erzählte ich ihm das sie mich erkannt hatte. Da ging eine Freude von ihm aus, er drückte mir die Hand und sagte:" Frau Müller, ihr Kind hat es überstanden."

Die Krise war vorbei, welch eine Freude! Ich war erschöpft aber glücklich. Sie war doch erst fünf Jahre alt. Alles wurde wieder gut, nach ein paar Wochen kam sie nach Hause, und es blieb nur eine Narbe, die unter den Haaren verschwand.

Der Fahrer, ein Vater von fünf Kindern hat sich einige Wochen später im betrunkenen Zustand zu Tode gefahren, die arme Familie! Das hatte niemand gewollt, Gott gebe ihm die ewige Ruhe.

Ich liebe meine Familie und sie ist das grösste Gut, das man haben kann. Wir bekamen noch zwei Kinder, ein Mädchen namens Leslie und einen Jungen namens Peter. Wir waren wunschlos glücklich und dankten Gott dafür.

Es kehrte eine Zeit der Ruhe ein, wir waren zufrieden. Die Kinder waren alle gesund und machten eine Lehre.

Der älteste wurde Buchdrucker, der Jüngste wurde Lithograf. Die Mädchen lernten einen kaufmännischen Beruf, bis sie selbst eine Familie gründeten.

Unser Ältester ging nach Stuttgart zu Meisterschule und fand dort seine Frau. Und so ging einer nach dem anderen aus dem Haus. Jetzt haben wir schon vier Enkelkinder und schon ein Urenkelkind.

Meine Eltern nahm ich damals zu mir, das Haus war ja schon wieder fast leer. Vater wurde siebenundsiebzig Jahre alt, Mutter siebenundneunzig Jahre alt. Ich pflegte sie bis sie starben.

Die Jahre vergingen. Nach über vierzig Jahren Beruf kam mein Mann in Rente. Jetzt fuhren wir auch mal in Urlaub. Nach Österreich, Ungarn, Tirol, Bayern, aber am schönsten war es doch immer noch daheim. Hier machten wir täglich unsere schönen Spaziergänge.

Und dann auf einmal fing mein Mann an krank zu werden, mit kleinen Herzbeschwerden fing es an. Er rauchte auch sehr viel, und dann immer mehr, bis es zum Herzinfakt kam. Er kam ins Krankenhaus und wurde gerettet. Von dieser Stunde an rührte er keine Zigarette mehr an, und das neun Jahre lang.

Dann kam das verhängnisvolle Jahr 1997. Ich merkte auf einmal, dass mein Mann immer vergesslicher wurde. Zuerst waren es kleine Sachen, aber dann wurde es immer schlimmer. Wir feierten noch seinen siebzigsten Geburtstag, ein sehr schöner Tag mit vielen Gästen. Aber es war schon nicht mehr unser fröhlicher Vater, wie er es sonst immer war.

Er verlor den Orientierungssinn. Wir gingen zum Arzt : Alzheimer, eine schlimme Krankheit die nicht zu heilen ist. Es ging alles sehr schnell. Auf einmal erkannte er seine Kinder nicht mehr. Er schlief keine Nacht mehr, ich musste Türen und Fenster verankern, denn er wollte immer fort. Dann stürzte er auch noch und brach sich das Bein. Ich musste ihn ins Krankenhaus bringen. Er war ans Bett gefesselt und keiner konnte ihm mehr helfen.

So nahm ich ihn heim zu mir, ich stellte sein Krankenbett ins Wohnzimmer, sodass er uns immer sah. Die Krankheit wurde immer schlimmer, zum Schluss konnte er nicht einmal mehr essen. Ich hätte ihn so gerne noch ein paar Jahre gepflegt, aber es sollte nicht sein.

Wir waren alle bei ihm als er starb!

Er bekam noch die letzte Ölung und schlief ruhig ein. Meine Welt hat sich seitdem verändert, es ist nichts mehr wie es war. Er hat ein Stück meines Herzens mitgenommen, er war ein guter, treuer Vater und Mann.

Ich suche ihn heute noch überall. Wir haben alles geteilt, zusammen so oft geweint und gelacht. Die Wunden sind noch nicht geheilt. Meine Hoffnung ist, dass wir uns irgendwo dort oben im Himmel alle treffen und für immer vereint sind.

Im Jahr 2000 wären wir fünfzig Jahre verheiratet gewesen. Ich danke Gott, dass er mir diese schönen Jahre mit ihm, den Kindern und Enkeln geschenkt hat.

Marie-Louise MÜLLER